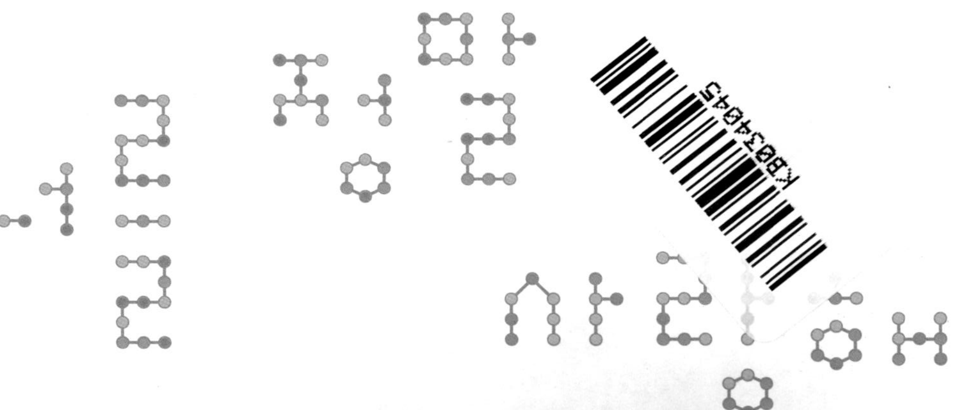

BUDDY GATOR 2

차우 혼 램 글 · 그림 | 김현수 옮김

서스테인

작가의 말

우리에게는 저마다의 어두운 밤과 추운 겨울의 시간이 있습니다. 지금 이 책을 읽는 사람 중에도 누군가는 힘든 시간을 보내고 있겠지요.

특히 코로나19를 겪는 동안 저는 그 힘든 시간을 겪고 있을 사람들의 기분을 좋게 해줄 무언가를 만들고 싶었습니다. 잠시라도 웃음을 짓게 하고, 긍정적인 에너지를 전해줄 이야기를 만들고 싶었습니다. 그래서 이 이야기 속 작고 친절한 동물 친구들이 독자들과 동행하며 지친 마음에 위안을 줄 수 있기를 바라는 마음으로 이 책을 썼습니다.

왜 악어를 주인공으로 선택했는지 많은 사람이 궁금해했습니다. 우리 머릿속에 악어는 언제나 무서운 인상으로 남아있죠. 하지만 이 책의 주인공 버디 게이터는 누구보다 친절하고, 다정하며, 긍정적인 친구입니다. 우리 마음속 악어에 대한 고정관념과는 매우 다르지요. 우리가 살면서 접하는 많은 것들이 실제로는 눈에 보이는 것과 다를 수 있고, 우리가 발견하지 못했을 뿐 가까이 들여다보면 저마다 아름답고 놀라운 모습을 지니고 있음을 전하고 싶었습니다.

우리 중 누군가는 여전히 힘든 시간을 보내고 있을지 모르지만, 곁에 있어 줄 누군가가 있는 한 모든 것이 잘 될 거라고 믿어요. 친절하고 다정한 우리의 게이터가 언제나 당신과 함께하기를 바랍니다. 마음이 울적하고, 괜히 기분이 가라앉는 날, 이 책의 아무

페이지나 펼쳐보세요. 게이터와 작은 친구들을 통해 편안함을 느낄 수 있을 거예요.

게이터가 전하는 다정함이 당신의 지친 감정을 치유해주고, 자기 자신을 더 많이 사랑해줄 수 있는 힘이 되어주기를 바랍니다. 마지막으로 우리는 모두 특별하게 태어났음을 잊지 말기를 바랍니다.

모두 행복하세요!
Gamsahamnida!

에릭 ERIC

코지 KOJI

테리 TERRY

아담 ADAM

게이터 GATOR

랜스 LANCE

다리우스 DARIUS

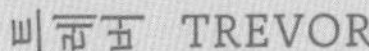

트레버 TREVOR

낸시 NANCY

론 RON

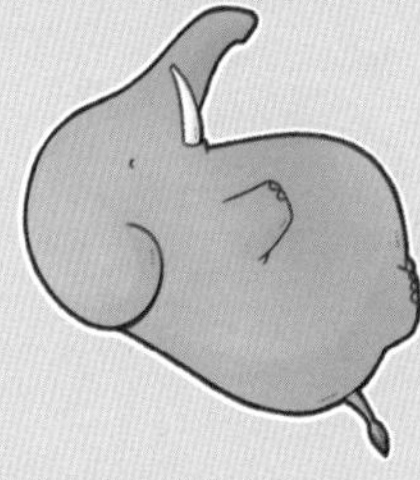

벤 BEN

피터 PETER

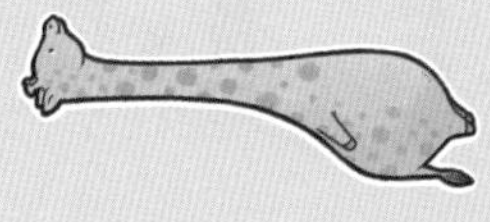

로이 ROEY

제인 JANE

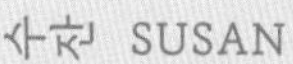

수잔 SUSAN

그 외

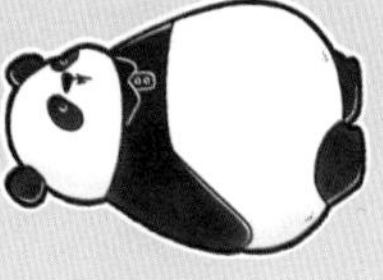

오늘도
너를
사랑해!

나는 에릭이랑
산책 갈 거야.
나도
같이 가도 돼?
그럼.

비가 그쳤어.

와우.

우와!
거북이가
경주에서 또 1등을 했어!

2
1
3

게이터
여기서 뭐해?
STOP
응, 지금 아이들이
길을 건너는 중이거든.

어디?
STOP
고마워,
게이터!

무슨 일 있어?
물놀이하고 싶은데
튜브가 망가졌어.
괜찮아.
나랑 같이
타면 되지.

와~~
차

도와줘서 고마워,
낸시.

별말씀을.

도와줘서 고마워,
게이터.
도울 수
있어서 기뻐.

집들이에 온 걸
환영해!

꼬르륵

재가
배가 많이
고팠나 봐.
그러게.

저 책에
손이 닿질 않아.

사다리가
필요하겠구나.

아니면 나.

이것 좀 봐.
나 이거
진짜 맘에 들어.
그거
치마야?

아니,
수영복!
우와.

가자!
야호!

이것 봐,
보물이야!
우와!

야호!

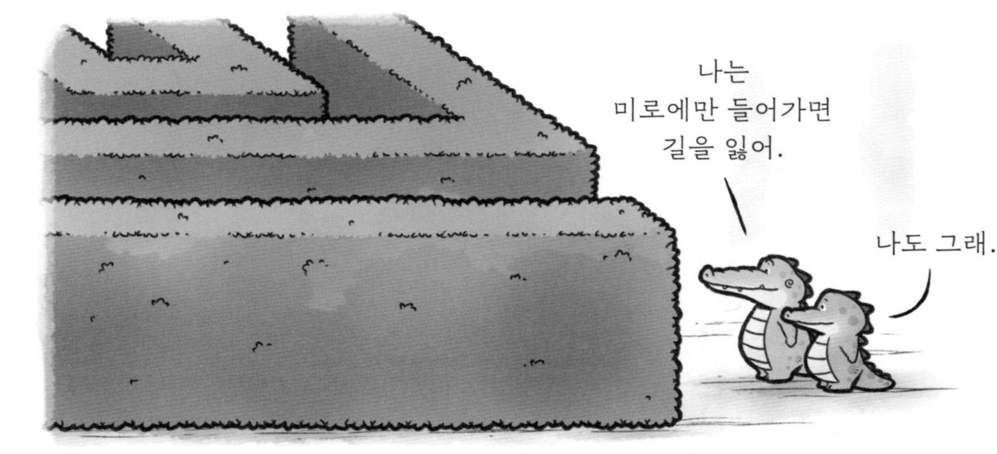
나는
미로에만 들어가면
길을 잃어.
나도 그래.

얘들아,
걱정 말고
나만 따라와.

안녕, 바비.
서핑하러 가니?
응!
우리도
가는 중이야.

와우!

너희
아가들 주려고
책을 좀
가져왔어.
고마워, 애들이
좋아하겠다.

AWW

사람들이
사자는 무서워 보여야
한다는데,
어떻게 생각해?

일부러
무섭게 보이려고 할 필요 없어.
너는 지금 모습 그대로 완벽해.

알았어!

BUS

고마워,
앤드류.
BUS

나도
끼워 줄래?
물론이지, 낸시!

야호!

네가 내 곁에 있어서
정말 좋아.

미안해.
힘들지?

여긴 너무 높아서
무섭다….

우리를 잡고
건너렴.
고마워, 얘들아.

여기?
아니….
그럼,
여기?
응,
바로 거기야.

등이
가려웠는데
고마워,
게이터!

피자 엄청 많다!
점심에 먹으려고?

아니,
나 피자 배달부 일 시작했어.

안녕하세요,
피자 왔어요.
PIZZA
PIZZA
PIZZA
PIZZA
PIZZA
고맙습니다!
오예!

게이터,
나도 힘이 세졌으면 좋겠어.

로이, 너도 할 수 있어!

안녕, 나야!

…일곱, 여덟, 아홉…

절대로
날 못 찾을 걸.
헤헷.

살려줘!!

컷!
아주 좋았어요.
조스 3

내가 좀
도와줄까?
고마워,
낸시.

우와!

아저씨,
죄송한데요,
그 당근 저 주시면
안 될까요?
growl

자, 여기.
우왕!

잡았다,
요놈!
로이,
뭐 하는 거야!?

고마워, 로이.
이 말썽꾸러기,
얼른 와서 점심 먹어!

슈퍼히어로 할로윈 파티에
빨리 가고 싶어 죽겠어.

나도. 하지만
마크가 올 때까지
기다려야 해.

늦어서 미안!

로이,
그 방패로 뭐하는 거야?
오늘 일기예보에서
폭풍우가 친다고 했거든.

에이미를
지켜주고 싶어서.

고마워,
로이.

게이터, 도와줘!
너처럼 커다랗고
힘센 친구가 필요해.
무슨
일인데?

얘들아, 게이터도
같이 놀기로 했어!

자꾸만
징징대서 미안해,
게이터.
괜찮아.
뭐든 얘기해.
난 언제나
여기 있을 테니까.

안녕, 게이터.
우리랑 같이 할래?

재밌다!

야호!

신난다!
고마워,
게이터!

어머, 고마워!
근데 내가 지금은 일하는 시간이라
저녁에 받아도 될까?
안녕, 써니.
너 주려고 도넛을 가져왔어.

맛있어!

야호,
드디어 완성!

고마워!
별말씀을.

맛있겠다!

게이터, 널 위해
컵케이크를 만들었어.
맛있겠다.
빨리 먹어보고 싶어!
꼬르륵~
꼬르륵~

다리우스가
이제 여기에 산다고 했어.

안녕, 얘들아.
여기야, 여기!

고마워, 게이터!

고마워, 낸시!

우리집 이사 좀
도와줄 수 있어?
물론이지!
에릭도 데리고 올게.

고마워,
얘들아.

너희 주려고 라면을 가져왔어.

우와! 이거
앤드류가 진짜 좋아하겠다.

드디어 나한테
딱 맞는
파티 모자를
찾았어!
고마워,
게이터.

안녕, 조이. 뭐하고 있어?

나 요가 하는
종이야.

너희들은 제일 좋아하는 장난감이 뭐니?

기차.
곰 인형.
내 꼬리!

우리집에
그렇게 불쑥 들어오면 어떡해!

쉿… 지금 숨바꼭질
중이란 말이야.

우리가 도와줄게!

고마워,
얘들아.

스튜어트,
네 옷에 수를 다 놓았어.

정말?
어디 한 번 입어볼까?

마음에 쏙 들어!

랜스가 1등이야!
만세!
우린 네가
정말 자랑스러워!
325

325
100
572

생일 축하해,
루카!
오늘이 루카 생일이야?
그런데 루카는 어디 있어?

테리, 안녕.
나 여기 있어!

내가
마술 보여줄게.

우와!

이거,
요술램프인가?
쓱— 쓱—

소원을
말해보아라.

당근을 갖고 싶어요.

너의 소원을
들어주겠다.

근데, 당근은 어디에 있나요?

수잔, 우리 좀 도와줄 수 있어?

무슨 일인데?

고마워, 수잔.
고맙긴.

해냈어!
0.5킬로그램이나 빠졌어.

나도!

우리 그럼
파티하자!

고마워, 게이터.
별말씀을.

늑대가
나를 계속 쫓아다녀.
너무 무서워.
걱정 마.
잰 그냥 아가잖아.

록키,
너 장 보러 가는 길이니?
응,
같이 갈래?
그래.
AWW

너굴
식품점
자, 다 왔어.
!
AWW

야호,
우리 음식 배달 왔다!

맛있어!

재밌겠다.
나도 끼워줄래?
물론이지.

론, 누가 네 침대에서 자고 있어.

z z z
얘는 에이든이야.
나랑 침대를
나눠 쓰는 친구야.
그렇구나.

다리우스, 안녕.
운동하는 거니?
아니,
연습 중이야.
뭘 연습하는데?

살 빼야 되는데,
이건 너무 지루해.
좀 재미난 방법 없을까?

좋은 생각이 났어!

맛있어!

나 방금 SNS 계정을 만들었어.
너희들도 팔로우할래?
우린 그거보단
진짜 너를 팔로우하고 싶은 걸.

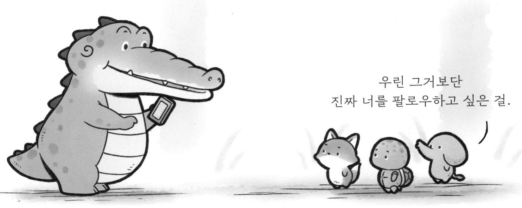

게이터, 너 힘들어 보인다.
내가 도와줄게.

고마워, 에릭.

저 별들 진짜 아름다워.
한 번 만져볼 수 있다면!
안 될 거
없지.

다리우스,
너의 새집이 완성됐어.
와우!
에릭,
진짜 대단하다!

고마워, 에릭.
마음에 쏙 들어.

저 친구
너무 추워 보이는데?

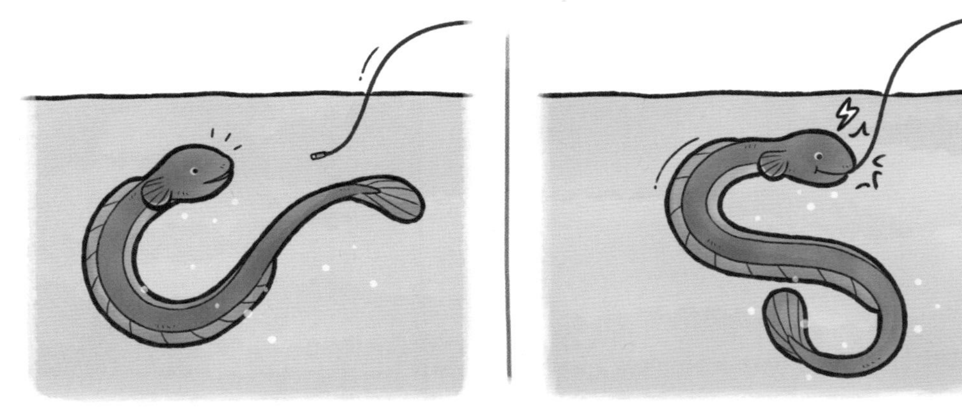

고마워,
다렌.
도움이 된다니 기뻐.

나도 같이 타고 싶은데,
너무 커서 안 되겠지?

걱정 마, 낸시.
내가 널 위해
작은 차를 만들어 줄게.

야호~~

우리 아가들을
보살펴줘서 고마워.
별말씀을.

꺄~
야호~

나도
빨리 달리고 싶다….

나랑 같이 가자,
랜스.

준비 됐니?
응.

너무 신나!

안녕, 게이터.
네가 구해 준 의상 덕분에
오디션에 합격했어.

축하해, 미키!

내 친구도
오디션을 본다는데,
이 친구를 위한 의상도
만들어 줄 수 있어?
그럼!

루카,
넌 할 수 있어!

와아!

10
10
10

이것 봐.
나한테 요술 지팡이가 생겼어.

우와,
요술 지팡이로 뭘 할 수 있어?

지구를 더 살기 좋은 곳으로
만들 수 있어.

어떡해.
우리집이 물에 잠겼어!
도와주세요!

어라?
물이 위로 빠지네…
어떻게 된 거지?

우와…
물이 전부 사라졌어!

잘했어, 애덤!

안녕, 에릭.
너희 그 위에서 뭐해?

미끄럼 타려고
줄 서 있는 중이야.

내 천사 의상 좀 봐.
진짜 예쁘지!
예쁘다!
근데 왜 천사 옷을 입었어?

헤헤.
너를 지켜주고 싶어서.

살려줘!
앗, 위험해!

살려줘!!
살려줘!!

우리 좀 구해줘!!

어떻게 된 거야?
애가 물에 빠져서 구해주려고 했는데,
내가 수영 못 하는 걸 깜빡했어.

넌 언제나
연습을 열심히 하는구나.
아침마다
공연이 있거든.

안녕,
얘들아!
안녕.
이제
다 모였네.

그럼, 출발!

저는
제일 큰 걸로
하나 주세요!
진짜?
괜찮겠어?
네!

너는 왜
이상한 모양으로
자라고 있어?
어디 아파?
아니, 괜찮아.

그냥 아이들이
사과를 좀 더 쉽게
따길 바랄 뿐이야.

좋은 아침.
좋은 아침.
너에게
줄 게 있어.

해피
밸런타인데이!

이제 내 차례!

아야!

같이 줄넘기하기엔
내가 너무 큰가 봐.
다시 해보자.

좋아!

우와! 에릭
너 진짜 대단하다.

이 사과도
둘로 쪼개줄 수 있어?
당연하지.

나 하나, 너 하나.
힝… 고마워.

나 작은 당근
하나만 줄 수 있어?
그래!

너무 덥다.
수박 먹으면서 더위 좀 식히자.
써니도 좋아할 것 같은데.

우와~
고마워, 피터.

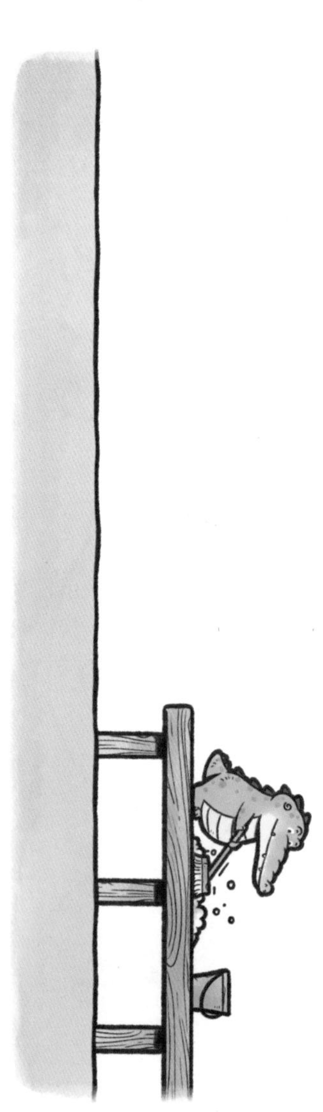

안녕, 라이언.

고마워, 게이터.
천만에.

우와!

멋지다!

무슨 일이지?
어디로 간 거지?

앗, 이런.
트램펄린이
망가졌네.

윌리, 턱이 왜 그래?

미안해, 윌리.

에릭, 너 지금
책 거꾸로 들고 있어.

나도 알아.

이 책 진짜 재밌다!
고마워, 에릭.

해피 뉴 이어!

제인,
네 도움이 필요해.

애들이
배가 많이 고팠구나.
고마워,
제인.

내가 풍선을
또 터뜨렸어.

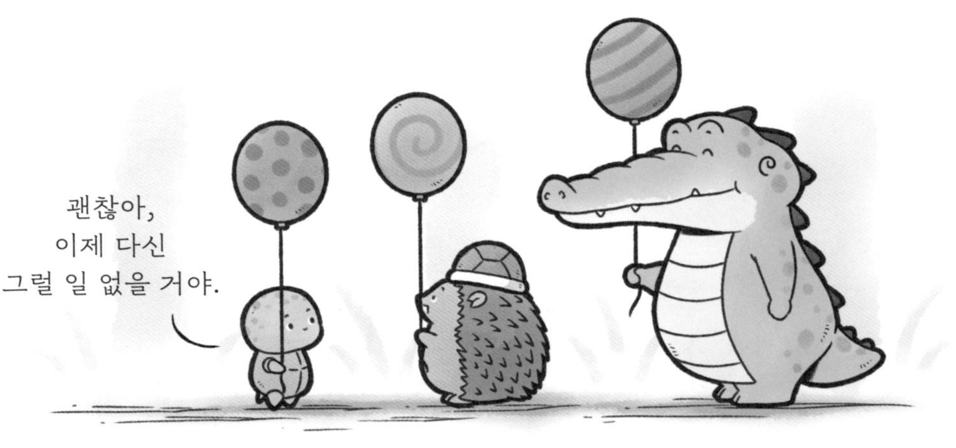
괜찮아,
이제 다신
그럴 일 없을 거야.

우리한테
커다란 당근 하나만 줄래?
그래.

고마워!

배가 엄청 고팠나 보다.

부릉부릉!

여기서 쉬는 중이야?
아니, 폴댄싱하는
친구 도와주고 있어.

배달 왔습니다.
야호!
너희들,
뭘 시킨 거야?
사우나!

와, 별똥별이다!
우리 소원 빌자.

이 책을 읽는 친구들
모두 건강하고
행복하게 해주세요.

너 주려고
방울 달린 모자를 가져왔어.
고마워.
AWW

와, 마음에 쏙 들어!

진짜 멋지다!
나한테도
공 좀 던져줄래?

로니가 왔네.
안녕, 로니.
얘들아, 안녕.
잠깐만 기다려줄래?
주차 좀 하고 올게.

P

우리
한 판 더 할까?
그래!

오늘 내 도시락 반찬
뭔지 맞춰 볼래?

혹시 수박?
빙고!

나 부탁이 있는데,
이 수박 좀 먹어줄래?
나야 좋지!

맛있어!

다 먹었어.
고마워.

까!
우와!

앗, 에릭
과녁을 빗나갔어.

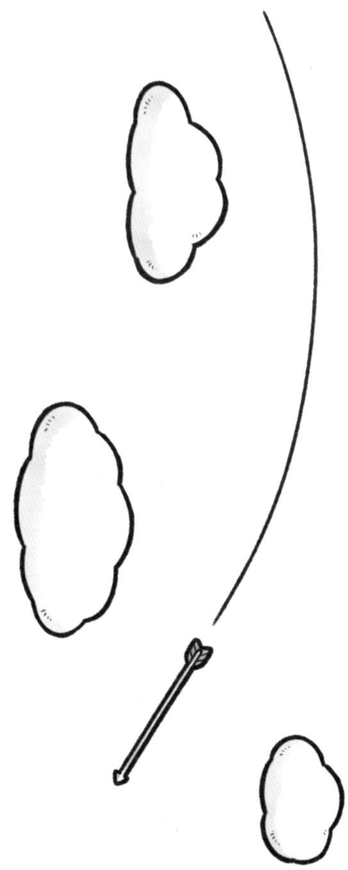

수업에 늦겠어.

너희들 다 지각이다.

그네가 부러졌네.
속상해 보여.

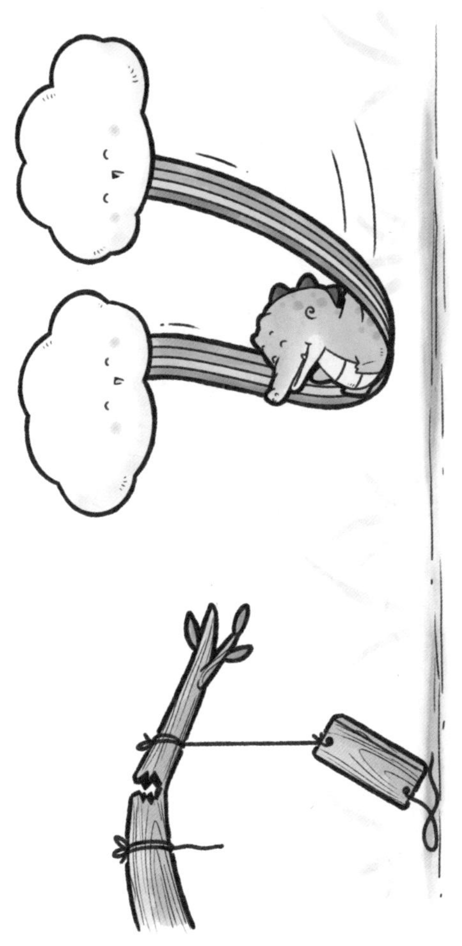

나도 파티 모자
갖고 싶어.
내 모자를 줄게.
아니야,
나한테 좋은 생각이 있어.

안녕, 피터.
숨바꼭질하니?
아니, 코코랑
재미난 책 읽는 중이야.

우리 산책하러 갈까?
좋아!

이제 새로운 여정을
시작하는구나.
몸조심하렴, 아가.
엄마도 몸조심하세요.
사랑해요.

게이터,
나는 새 배를 타고
모험을 떠나기로 했어.

BUS

BUS

BUS

BUS

BUS
고마워.

BUS

BUS
고마워.

BUS

트레버, 최선을 다해야 해!

잠깐, 머리를 단단히 묶으면
더 빨리 달릴 수 있을 것 같아.

이제 준비됐어!
520

혹시 동전 있니?
돈은
왜 필요한데?

내 친구가 배고픈 것 같아서.
뱃속이 텅 비었잖아.

게이터, 우리 가족
사진 좀 찍어줄래?
물론이지.

잠깐! 사진이
더 잘 나오게 해줄게.

그래!

치즈~

페니한테
좀 도와달라고
해야겠어.
안아줘, 안아줘!
으앙~
나도 안아줘!
나도, 나도!

고마워,
페니.
헤헤.
별말씀을.
히히.

앤지, 이거 받아줘.
진짜 예쁘다.
내 방에 꽂아둘게.

zzZ
zzZ

긴 다리가 필요한데
너희들 잠깐 시간 되니?
그럼!

아가들아,
조심조심 건너렴.

이제 가자,
토마스.
잠깐! 내 독침은 위험하니까
안전모를 써야겠어.

이제 출발!

냇시,
새 책을 가져왔는데
너도 같이 볼래?
우와, 새 책이라니.
나야 완전 좋지!

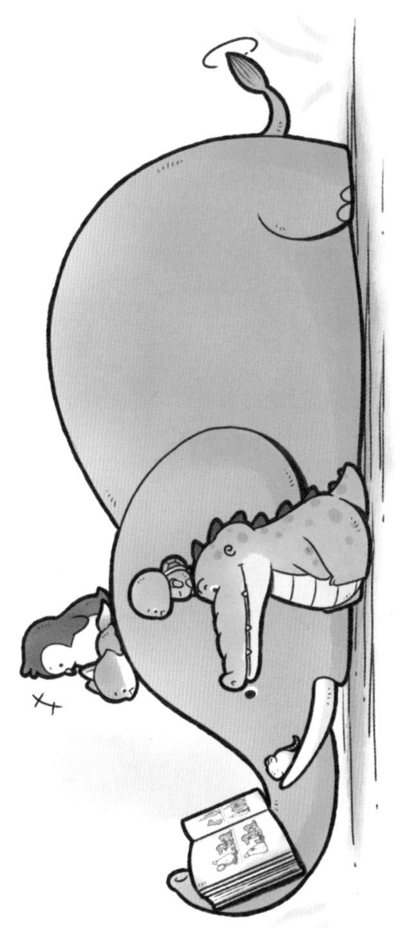

조이, 에릭 다음에 네 차례야.

야호!
끝내준다!

사람들이 나보고 자꾸 뱀파이어래.
난 아닌데….

나도 비슷한 문제를 겪고 있어.

이것 좀 봐!
나 트로피 받았어!
와, 축하해!
무슨 대회에 나갔던 거야?

컵
떨어뜨리기 대회!
1

멋지다!
진짜 멋져!
나도 해볼래.

우와!

내일은
어린이날이니까
뭔가 신나는 걸
해볼까?
좋아!

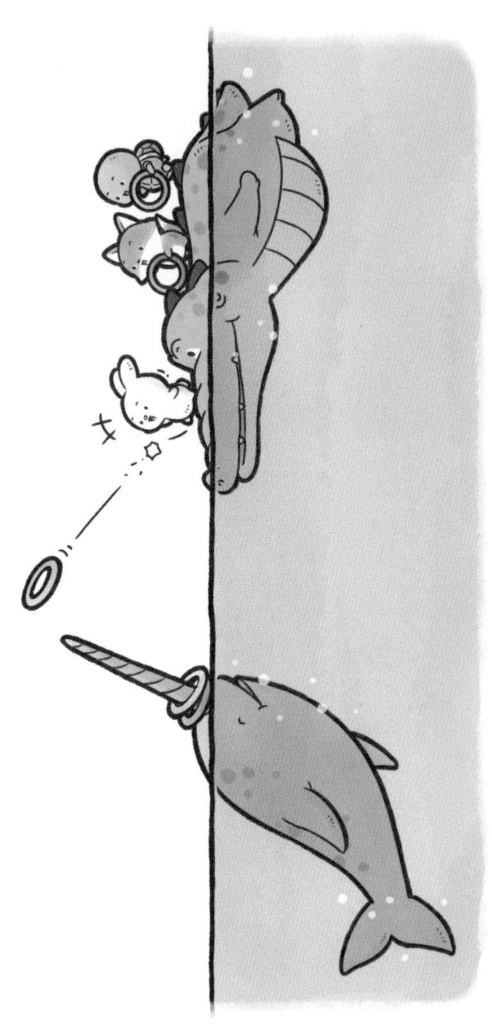

또 외로운 밤이
시작됐네.

잠깐만 기다려, 윌리.

우와, 고마워. 이제 외롭지 않아.

트램펄린 재밌겠다!
나도 한 번 해봐도 돼?

와, 멋지다!

게이터, 준비됐어?
응, 준비됐어!

생일 축하해, 써니!

카렌,
내가 가족 초상화를
그려줄게.

비 오네?

나무가 한 그루밖에 없네.
파티 깃발을 어떻게 걸지?
피터가
자기만 믿으랬어.

고마워, 피터.
별말씀을.

나 집을 새로 꾸미고 싶은데,
도와줄 수 있어?
최선을 다해 볼게.

다됐어!
우와.
마음에 들어!

안녕, 얘들아.
프로젝터를 가져왔어.
우리 다 같이 만화 보자.
보자, 보자!

하지만 우린 스크린이 없잖아.

내가 도와줄게.

낸시, 정말 최고야!

어디까지 가시나요?
공항까지요.
TAXI

문제없습니다.
TAXI

공항
국제선
고맙습니다!
안전하게
여행하세요.

의상 뽐내기 대회에
나가보려고 하는데
내 옷 어때?
마법의 양탄자만 있으면
딱 좋을 것 같아!

좋아, 이제 완벽해!
고마워!

나, 콘서트에서
알바를 하게 됐어.
그거 정말
멋진데!

게이터,
애는 내 사촌 조단이야.
친구 사귀는 법을
배우고 싶어 해.
안녕, 조단,
활짝 웃으면
도움이 될 거야.

이렇게?
!

앗, 이런.
비눗방울 총이
고장났어.
내가 방법을
찾아볼게.

우와!
야호!

그 책 재밌겠다.
나도 같이 봐도 돼?
Aww
그럼.

테리, 네 책도
재미나 보인다.
그럼 같이 읽자.

Aww

이제 겨울인데
우리 호박 집이
부서졌어.
저런.

고마워, 트레버!
걱정 마. 당분간은 여기서 지내렴.

정말 덥다.
물을 나눠주다니 정말 고마워.
별말씀을.

와, 바람 너무 시원해!
고마워.

윌리, 안녕.
널 위해 그림을 준비했어.
고마워, 게이터.

정말 예쁘다!

저거 벤인가?
잘 모르겠는데.

안녕, 얘들아.
새로 산 내 할로윈 모자 어때?

와 스쿠터 진짜 멋지다.
나도 타 봐도 돼?
물론이지.

게이터,
친구랑 산책하는 거야?
응!

나도 내 친구들이랑
산책 중이야.

이제 수박을
딸 때가 됐어.
친구들 불러서
다 같이 나눠 먹자.
그럼 히로한테
좀 도와달라고
해야겠어.

고마워, 히로.
별말씀을.

네 랜턴은
어디 있어?
응,
제리가 곧
오기로 했어.

안녕,
얘들아.
안녕, 제리.

비 온다.
앗,
안 돼!
얼른 뛰자!

뭐 하고 있어?
응, 나 붓글씨
쓰는 중이야.
나도
해봐도 돼?
그럼.

福

친구 한 명 더
오기로 했어.
지금
어디 있는데?

나 왔어,
얘들아!

너도
열기구 타러 갈래?
응! 근데
친구도 데려와도 돼?
걔도 열기구
진짜 좋아하거든!
물론이지.

벤, 널 위해
미소를 가져왔어.
그게 뭔데?

와!
마음에
쏙 들어!

얘들아,
준비됐니?
나나랑
제임스가
아직 안 왔어.

저기 온다.

얘들아,
늦어서 미안.

미안해.
괜찮아.
나한테 공이 하나 더 있어.
얼른 가져올게!

나중에 또 만나,
게이터.
또 보자,
클로이.

안녕, 클로이.

내 당근 돌려줘!

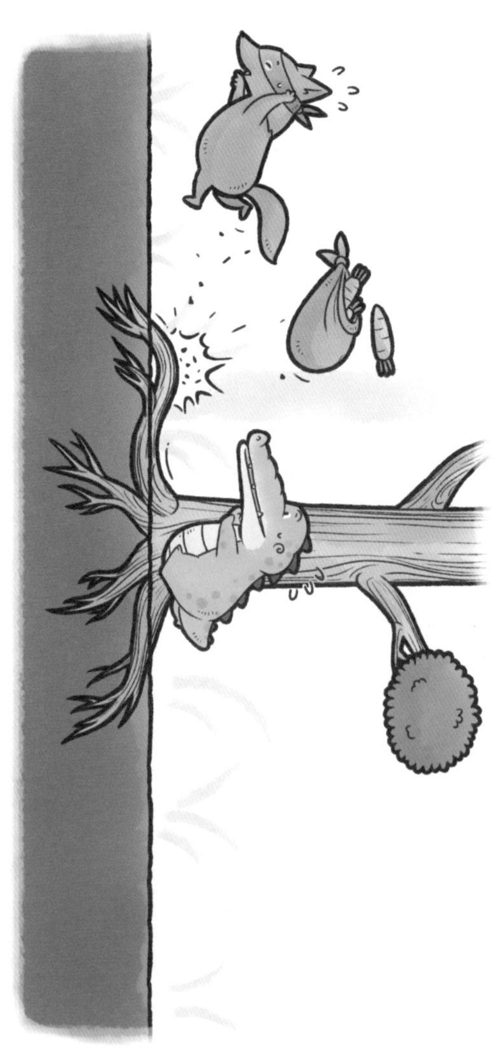

고마워.
별말씀을.

생일 축하해,
게이터!!
널 위해
준비한 선물이야.
고마워,
얘들아.

우와,
무지개 목도리네!

하나, 둘, 셋!

안녕, 친구들.
우리 같이 신나게 놀자!
출발!
테드, 넌
진짜 대단해!

피터, 네가 주문한
목도리가 도착했어.
야호!

고마워, 피터.
별말씀을.

우와, 네잎클로버다!

너희를 위해,
이 책에 행운을 끼워둘게.

옮긴이 김현수

고려대학교를 졸업하고 성균관대학교 번역대학원에서 문학 석사학위를 받았다. 글과 음악으로 소통하는 것이 좋아 라디오 작가로 일했고, 글밥 아카데미 출판번역 과정을 수료했다. 옮긴 책으로는《미라클 모닝》,《나무처럼 살아간다》,《작은 생물에게서 인생을 배운다》등이 있다.

BUDDY GATOR 2
너를 정말 사랑해

초판 1쇄 인쇄 2023년 4월 27일
초판 1쇄 발행 2023년 5월 22일

지은이 차우 혼 램
옮긴이 김현수
펴낸이 정지은

마케팅 윤해승, 장동철, 윤두열, 양준철 경영지원 황지욱
디자인 강경신
제작 삼조인쇄

펴낸곳 (주)서스테인
출판등록 2021년 11월 4일 제2021-000166호
주소 03997 서울시 마포구 월드컵로20길 41-7 1층
이메일 sustain@humancube.kr
편집 070-7510-8668 마케팅 02-2039-9463 팩스 02-2039-9460

ISBN 979-11-978259-5-8 04840
979-11-978259-3-4 (세트)